따순밥

잇 힐 리 없 는 마 음 이 있 습 니 다

변한 거 없는 세상에
변치 않은 울엄마

따순밥

최지훈 지음

좋은땅

서문

내가 온 곳이며 현재와 미래인
가족에게 감사의 마음을 전합니다
부모님, 아내, 사랑하는 딸들......
언제 어느 곳에서 소박한 글을 짓더라도
내 삶의 원천은 그대들입니다

지금도 못난 아들을 위해
따순밥을 지어주시는
어머니께 이 글을 바칩니다.

목차

만석지기

그 사람 내 곁에 있다면

그걸로 족합니다

내 하루를 나눌 수 있는

그 사람만 있다면

난 행복합니다

소박한 저녁상을 물리고

티백을 녹여 차를 나누며

낡은 탁자 사이로

부여잡은 두 손 어루만져

일상의 고단함을 주고받을 수 있다면

세상에서 말하는 행복을

내 한 톨 갖지 않더라도

오늘도 난

바랄 것 하나 없이 행복한

만석지기랍니다

일요일 저녁에

일요일 저녁이 되면
꿈을 꾸곤 해
시간을 돌려
다시 금요일이 되는 상상

하지만 부질없는 생각
다시 쓴웃음을 지으며
내일 시달릴 생각에
깊은 시름 잠기곤 하지

벗어나고픈 세상에
많은 것을 시도하고 좌절하고
또 돌고 돌아 다시 그 자리

이제는
돌아온 그 자리마저 감지덕지하는
일등 소시민
나를 보며

그래도 부끄럽지 않은 건

아직 버리지 않은 꿈

멈출 수 없는 건

언젠가 우리 아이들이

살아갈 세상

낡은 나

책상 앞
거울 속에서
낡은 나를 본다

이제는
지난 세월 사연만큼 멀어진
열정의 기억

사람 손길 멀어진
서고 구석 먼지 담은 책처럼

존재로만 가치를 구걸하는
가련한 하루하루

오늘도 무사히
늙어 가길 바라는

거울 속
낡은

나

무심

뜬눈
밤새워 기다리던 너

하지만 수신된 건
너의 무심

애타게 기다리는 것은
절대 오지 않는다

욕심내 원한만큼
비웃고 사라질 뿐

때론 무심히
놓을 수 있다면

움켜쥐런 그 손을
거둘 수 있다면

돌아서는 흰 목덜미에

사늘한 미소를

보낼 수 있다면

冬地에서

가을의 초입에서

내년 봄을 간절히 기다리는 마음은

올 겨울의 혹독함을

알기 때문이다

이 冬地에서

지난 벗들은

더 이상 옛사랑을 말하지 않는다

부릅떠 바라본

가을 하늘에서

한설 뚫고 달려올 간절한 봄은

그저

거저 오는 것이 아니기를

마음 품어

그려 본다

다시 다음에 만나면

다시 다음에 만나면
물어보고 싶은 게 많네요
그때는 왜 그랬냐고

세월에 무뎌져
감히 물어볼 수 있네요
무한의 시간에 감사하며

대답하지 않아도 그만인 것이지만
그래도
알고도 싶네요

다시
다음에
만나면

역전에서

술 주린 어느 저녁
그 역전 한 컨 허름한 소줏집에서
우리의 이야기는 깊어만 가고
없는 시름도 커져만 갔다
기약 없는 미래를 걱정하고
아픈 동료를 위로하며
대책 없는 나에게 한 잔의 술을 권했다
이제는 그 술잔도
그 사람도
마음도
없다
공감 없는 시간 속에서
우리는 또 얼마만큼 멀어져 남남이 될까
허망히 돌아서는 길
언제나 북적한 그 플랫폼에서
나와 상관없이
그 전동차의 문이 닫힌다

송년

이제사
옛 친구가 그리운 것은
십이월 이즈음
스산한 날씨 탓입니까
아니면
반 넘어 살은 나이 때문인가요
스무 해 묵은 마음 내려놓고
허허히 돌아오는 길
바라본 먼 산은
이제는 그리
버릴 줄 알고 살라네요
이제는 그리
놓을 줄 알고 살라네요

하루에 하나씩 비우기

하루에 하나씩만
버리기로 했습니다

낡디낡은
그 색 바랜 와이셔츠
읽지 않는
그 누런 서류 뭉치
네 귀퉁이 떨어져 나간
그 칠 벗은 교자상

하나씩 버리면
하나씩 채워질까

하나씩 채우면
하나씩 잊혀질까

그렇지 않습니다

한 번에 바뀌지 않습니다
갈망한다고 이루어지지 않습니다
모두가 같은 생각을 갖고 있지 않습니다
결기가 승리하지도 않습니다
비겁이 패망하지도 않습니다
내가 지금 잘살지 못하는 것은
천만 번 내 탓이지도 않습니다

그대
그렇다고
영원히
안 바뀌지 않습니다

없어서 좋은 것

없어서 좋은 것
많이 걷는다
많이 읽는다
많이 생각한다
많이 겸손해진다
많이 강해진다

없어서 힘든 것
오롯이
그립다

위대한 인생

못난 내 얼굴을 만들기 위해
인류는
수천 갑자 시간을 노력했고
내 유전자를 잇기 위해
또한 영겁의 시간을 노력할 터
이승의 삶이 남루하다
슬퍼하지 않는다
다만 두려움은
의미 없는 하루를 보냄과
타인이 의도한 삶이
내 것이라 착각하는 것
그리하여 언젠가
제정신 돌아올 제
참 내 것이 하나도 없을까

저 해

저 해가
뜨는 해인지
지는 해인지
나는 알 수 없습니다
하지만
느낄 수 있죠
마음이 뜨면
뜨는 해
마음이 지면
지는 해

지지 않는
한 해
질 수 없는
여행길에서

종착역

출근길 지하철에서
잡생각에 잠긴다
기약할 수 없는
불안한 하루와
떨칠 수 없는 월급통장
어차피 태어난 인생
비슷한 생을 살기 위해
오늘도 나는 많은 것을 잊어 가고

출근길 지하철에서
조금은 다른
무언가를 찾고 싶은데
돌고 도는 짧은 생각에
종착은
언제나 같은 역

비가 조금만 더 많이 오면 좋겠어

비가 많이 오면 좋겠어

그러면 나는

비의 보호 속에

안심하고 이 길을 걸을 수 있어

비의 상쾌함과

비의 내음과 고요함

우산 속의 아늑함

비를 걸으며 나는 자유가 되고

사람이 되고

생각이 되고 눈물이 되고

비가 조금만 더 오면 좋겠어

조금만 더 걷게

조금만 더 울게

웃게

돌담길 따라서

돌담길 따라서 가고 있습니다

차츰차츰 걸어가면

그날이 있을는지

모두가 돌아올까

부질없이 기대하고

왼발이 이끌고 오른발이 따르며

그렇게 돌담길 가고 있습니다

두근거리는 심장은

그저 조급함인지 설렘인지

이 길만 따라가면

정말 언젠가 모두 만날까

헛된 바람이라 하여도

멈출 수는 없습니다

돌담길 따라서

한 잔이면

그저 난 한 잔이면 족해
별을 안주 삼아
그저 한 잔이면 족해

욕심은 마음을 움직여
난 또 계단을 허우적허우적
턱밑까지 닿은 한숨을
이 콘크리트에 털어내어

오늘도 허덕거리는 하루지만
아무래도 나쁘진 않아

그저 난 한 잔이면 족해
밤바람을 안주 삼아
그저
한 잔이면

봄

대단한 줄 알고 왔다가
아무것도 아닌 채 떠나는 줄
알았는데
또 살게 되는
봄
벚꽃 피어나니
사람도 피어
또 늘 살 것만 같은
봄
삶

쓴다

기억을 쓴다

마음을 쓴다

상처를 쓴다

순간을 쓴다

돌고 돌아도 잡히지 않는

그 무엇을 쓴다

알지도 못한 채 걸어가는

길을 쓴다

쓴다 너를

쓴다 나를

우리는 지금 쓴다

설혹

아무것도 아닐지라도

그래도

살아서 쓴다

살아야 쓴다

살려고

쓴다

산사에서

너인지
알고 있었다만

용기를 내지는
못하였다

이유를
알 수 없었다

이제 우리는
우주만큼
멀다

자각

공간 속의 나는
갇혀 있는 듯하지만
오히려 그 영혼은 자유롭고
육신은 상쾌하다
세상 밖의 나는
늘 갇혀 있다
통제와 타협하며
나의 한계를 스스로 규정한다
내가 태어나기 이전부터 있던 세상은
나를 받아 주는 조건으로
나의 생각을 담보로 가져갔다

이제 돌아보고
이제 스스로 생각하며
이제 해야 할 무엇을 느낀다면
이제야 비로소
내가 태어난 세상이다

두통

뇌리는 잡념으로 들끓어
불안은 마음을 흔들고
물고 물리는 생각의 고리는
구태여 잇지 않아도 이어져
제발 이제는 끊어 달라고
오늘만 잊어 달라 고함친다
가슴은 가만히 있어도 심호흡 중
아프지 않아도 쑤시고 무거우며
목은 갈증으로 두렵고
글을 쓰는 손도 차갑구나
그러니 이제 더운 이불을 끌어내
하늘과 땅 사이
그저
뒤집어쓸 수밖에

소녀들에게

너희는 그렇게 살았으면 좋겠어

아침에 눈을 뜨면
오늘 할 일을 생각하며
기쁨과 설렘으로 가슴이 벅찼으면

때론 아픔이 다가오겠지만
눈물 한 방울
깊은 숨 한 번에 갈무리하고
다가올 좋은 날 생각하며
옅은 미소 지을 수 있기를

사람에 부대껴
힘든 하루가 가겠지만
또한 사람과 함께
즐거운 저녁 보낼 수 있기를

너희의 말 한마디
행동 하나가

다른 이의 버팀목이 될 수 있다는
믿음을 저버리지 않았으면

너희가 만들 세상에서
너희는
그렇게 살았으면 좋겠어

낙엽을 보다

외로이 누워 하늘을 바라보는 그대에게

한때의 푸르름은
아득한 기억 저편의 파편으로

보고 웃어 주던 사람들의 싱그러움은
돌아올 수 없는 그리움과 아쉬움으로

그대 이제 무슨 꿈이 남았나요

그대의 존재로
스스로를 돌아보는 이들이 있음에 감사하고

서로의 공평한 시선으로
같은 빈 공간을 채워 주길

달들의 지배

지친 퇴근길
비추는 이 없는 어두운 도로 위에
고요한 달들이 걸려 있다
눈 위로 스치는 그들이
느린 내 마음을
빠른 길로 안내하는 밤
가련한 달들과
그들의 지배로 한 칸을 건너는 나
하늘의 달들과
땅바닥에 붙어 있는 나는
서로의 마음을 수시로 확인하며
어두운 대로를
함께 건넌다

낙서

그리운 저녁
서로의 만용을 보채고 다독이며
입천장이 까지도록 딱딱한 삼치구이를 앞에 놓고
쓰디쓴 소독약 같던 그 잔을 집어삼켰다
빙빙 돌아가는 세상 속에서
나는 축이 되고자
많이도 설레었던 그 골방의 추억
어제 갓 읽었던 글이
내 사고의 정수인 양 으쓱거리며
고독한 채 눈망울로 지렁이같이 내친 담배 연기는
그 아득한 방 안에 수감되어 직육면체로 남았다
그 많은 시간 나는 무엇이 되었고
너는 무엇이 되어 가고 있나
대체 무엇이 무엇인지는 아는 건지
치기가 되어 버린 시간 속에서
애써 무언가를 찾기도 버겁기만 한
스물 네 시간
하루만큼 짧아져만 가는 남은 시간 속에서
이제 느긋함은 사치가 되었다

후회가 깊다면

하늘만큼 아득하지만

그대 달처럼 꿈꾸길

무지

빨리빨리 살다가
더 늦게 왔네

늦지 않으려 서두르다가
시작도 못 했네

우리가 느끼는 빠름은
단어만큼 빠른가

문득
아는 것이 앎이 아님을
느끼는 하루

일 년

나는 나에게로
판결을 내려
마음의 옥에 나를 가두었다

기한은 일 년
죄명은
집착과 미련

살아갑니다

그래도 살아갑니다
없는 희망을 재고 만들어
그래도 재미나게
살아갑니다

간밤 꿈에 지난 벗들이 보임은
오지 않을 그 시간을
내냥 그리워하는 듯하지만
그래도 눈뜬 지금 시간이
가장 행복한 순간이라
살아갑니다

사람으로 힘든 시간
다신 사람밖에
누가 마음 풀어 줄까요

오늘은 흐린 하늘이지만
매냥 그런 것은 아니라기에
없는 희망 재고 다독여

그래도 마냥
살아갑니다

시작하며

길을 걸으며
많은 이들을 만났습니다
누군가는 나를 떠나고
누군가는 나를 비웃고
누군가는 나를 때리고
누군가는 나를 할퀴고

하지만 어느 벚꽃 비 내리던 날
낡은 연립주택 옥상에 올라
더 이상 멀리 보이지 않는 세상을 향해 웃습니다

지금 살아 있다면
정말 잘 살아온 인생입니다

사랑하는 사람이
날 사랑 않는다 슬퍼 마세요
사랑할 수 있다면
정말 잘 살아온 인생입니다

오늘 시작하니 늦었다 생각 마세요

갈피 없는 세상에

이제 시작할 수 있다면

한 번 더

정말 잘 살아온 인생입니다

살고자

넘이 말하는 세상이 아닌
내 세상을 살고자

넘이 좋아하는 것이 아닌
내가 좋아하는 것을 갖고자

넘 눈치가 아닌
내 눈치 보고 살고자

처음부터 그렇게
그렇게 살고자

길 떠난다

길 떠난다
등과 낡은 가방 사이엔
맑은 땀이 배고
아스팔트 위 흩어진
비를 밟으며
오늘도 내일도 길 떠난다
떠나면 알 것이라 기대하다가
피로만 남은 귀로에 허허롭다가
그렇게 날이 가고 해가 가고
웃음이 가고 눈물이 가고 청춘이 가고

오늘도 내일도 길 떠난다
마음이 닿지 않아도
갈 곳을 알지 못해도

마무리

게임이 끝나가고 있습니다
사람들의 환호
맥주잔 부딪치는 소리
환희의 목소리도
이제는 없습니다

치열했던 열정도
아스라이 추억이 되겠지요
아니면 후회가 되거나
무언가의 밑거름이 될 거라 애써 자위하거나

아무튼
기억하는 사람은 없을 겁니다

게임이 끝나 가는데
아직 헛된 욕심을 부여잡은 이는
더한 나락으로 떨어지겠지요
본인의 선택일 뿐
누구도 위로하진 않을 겁니다

이젠

사그라진 꿈을 위해 건배를

이젠

다시 볼일 없는 사람들을 위해 축배를

너에게 가마

갈 곳 없을 때
내게 들러라
내 식은 밥이라도 따스히 덥혀
우리 한 끼 하자

어찌 살았느냐 묻지 않으마
내게 들렀을 때는
묻지 않아도 알 터

술 한잔 없냐 탓하지 마라
맨 정신에도 취한 세상
굳이 술추렴 이유야 있겠나

세월이 무상타 숙이지도 마라
애당초 영원을 믿은
어리석음이 있질 않나

내 갈 곳 없으면
너에게 가마

밥 없으면 물이라도 족하니

우리 한 번이라도

보고 웃자

하루

고픈 하루
물 말아 한 술 떠도
채워지지 않는 시간들

아우를 주제 없이
바라기는 바다같이

그렇게 걸어온 하루하루
결국 탓은 내 탓이지

그래도 남은 건
울어 줄 사람

그래도 채운 건
기다려 줄 마음

이별

이제 더.
이상.
아무도.
나를.
걱정하지.
않는다.

뚜벅이 청춘

이렇게 살다 보면
언젠가 떠날 텐데
친구도 오래고
가족은 미안하고
오늘도 하릴없이
뚜벅이 뚜벅
예전엔 저 산 넘으면
좋은 님 있었는데
사람도 오래고
인생은 미안하고
오늘도 하릴없이
뚜벅이 뚜벅
뚜벅뚜벅 걷다 보면
두 번 세 번 생각나고
내 어찌 살아가나
궁리도 하게 되고
뚜벅뚜벅 발 아파도
걸터앉아 쉬엄쉬엄
내 영영 놓지만 않으면

뚜벅이 청춘이라

그립지도 또는 그리지도

정작으로 두려운 것은
그리운 것이
그립지 않은 것입니다

마땅히 그린 사람이
보고 싶지 않은 것

마땅히 그린 곳으로
가고 싶지 않은 것

마땅히 그린 기억이
잊혀져도 그만인 것이 되는 것

정작으로 두려운 것은
묻히고 묻혀
그렇게
그리지 않는 것입니다

잊자

돌이킬 수 없다면
잊자

이젠
그때의 너와 내가 아니니

이제
부질없는 바람은 그저 바람처럼

돌이킬 수 없다면
잊자

추적추적 휘적휘적

추적추적 휘적휘적

소중한 곤색 슬리퍼에 비가 잠긴다

살 부러진 우산을 소중히 받쳐 들고

내가 사는 이 동네 산책을 나선다

비 오면 조금은 상쾌해야 하는데 습기는 머리까지

걸으면 조금은 풀려야 하는데 답답은 심장까지

옛말에 불혹이라는데 눈을 뜨면 온통 매혹이라

지나갈 일에 지나치지 못함은 어리석은 수양이 부족함을

좋은 님만 생각하자

좋은 남만 생각하자

지나갈 일에 지날 수만 있으면 원하던 날들도 코앞이라

애당초 없는 것을 바라고 없다고 답답이랴

어리석다 어리석다 날만치 어리석을까

비가 조금 더 왔으면

물이 조금 더 찼으면

추적추적 휘적휘적

추적추적 휘적휘적

옛말에 불혹이라는데 눈 뜨면 천지간 미혹이라

옛말에 불혹이라는데 눈 뜨면 좌우로 현혹이라

추적추적 휘적휘적

추적추적 휘적휘적

이유가 있다면

이 시간이 어렵다면 그 이유는 나
원망할 사람이 있다면 그 이유는 나
돌아갈 곳이 없다면 그 이유는 나
사람이 없다면 그 이유는 나
의지가 없다면 그 이유는 나
실망이 있다면 그 이유는 나
추억이 없다면 그 이유는 나
눈물이 있다면 그 이유는 나
꿈이 없다면 그 이유는 나
등지고 싶다면 그 이유는 나
이유가 있다면 그 이유는 나

그래도 살고 싶은
그 이유는
너

버림

천천히 걷다가
이제 뛰려니
무릎도 아프고
발목도 시리고
배 두드려 살다가
내 이럴 줄 알았다
그래도 한 줌은
남은 희망가
내 천생 무지함
알은 것이 어디냐
버리고 떠남은
하나만 얻으려
버리고 죽임은
다시 살으려

죄

나의 죄는
이 험한 세상에
너희를 낳을 때
정작
동의를 구하지 않은 것
나의 모진 욕심으로
겪을 세월을 생각하며

하지만
분초가 아까운 온 하루
그저
사랑한다

친구들, 친구

한 친구는 싸워서 떠나고
한 친구는 지겨워서 떠나고
한 친구는 그냥 떠나고

사실은 죽어야 떠나는 건데
이제
내가 바라보는 하늘은
벗들 하늘이 아니라네

삶이 이어질수록
내 아집이 괘씸하여
그래도
벗들 삶이 좋기를 바라니

추억과 마음의 영원한 이별 속에서
우리는
친구였구나

누구나 감옥에 산다

누구나 감옥에 산다

항상
세상을 기대해
탈옥을 꿈꾸지만
눈을 뜨면 언제나 제자리

누구나 감옥에 산다고 말한다
남이 나를
가두었다고

하지만
창살 반대편엔
언제나 열려 있는 현관문

지키고 있는 문지기도 없는데
모두는 늘
창살 밖만 꿈꾼다

그리곤 항상 말한다

결코

일어날 일 없는

멋진 탈옥을

한 가지

문득
너무 늦었다 생각될 때
그래도 아쉬움이 그득 남을 때는
딱 한 가지만 하자
더도 말고 덜도 말고
딱 한 가지만

어쩌면
너무 많은 욕심에
아무것도 담지 못하고
그저 늦었다 변명으로

어쩌면
너무 많은 생각에
아무것도 품지 못하고
그저 아니다 아니다 아니다

이제부터
무엇을 하고 싶다면

그저 한 가지만 하자

만 가지 세상에서
또 돌고 돌면 모퉁이 담벼락
그저 오롯이
한 가지만

먹고살라고

내가
먹고살라고
그저 먹고살라고
외면한 시간 속에서
세상이 어찌 흘러갔는지
모릅니다

난
열심히 산다고
열심히 먹고산다고
살지만
정말 열심히 산 것이
맞나요

내가
먹고살라고
그냥 먹고살라고
살아온 세상에서
우리 아가들이

또 먹고살라고 먹고만 살라고
살아가겠죠

먹고사는 것이
내가 세상에 온 이유

그저 살라고
먹고만 살라고

이 거리에서

아주 오랜 옛날
거리에서
나는 꿈을 꾸고
목청껏 노래 부르고
나누고 울고 웃던 이야기들

시간
우리의 세상은 어디로 가고
빈 깡통은 쓰레기 곁으로
담배꽁초를 떠난
푸른 연기와 날숨은
지금 어디로 흩어져
절대로 돌아오지 않을

그런 밤과 낮

그런 울음과 한숨

비록

다시는 기필코 만들지 않을

우리 아이들의

거리에서

어제보다 오늘 나는

어제보다
오늘 나는

책 한 권 더 읽었고
영화 한 편 더 감상했고
신문 한 줄 더 훑고
더 많은 사람을 만나 이야기했고
더 많은 음식을 비웠고

분명
어제보다
오늘 나는
뭐 한 가지라도 더 했으니

분명
어제보다
오늘 나는
조금 더 나은 사람일 거야

정말

그럴 거야

정말

정말?

잔치

묵은 가슴 풀어내고
사람이 있는 거리에서
큰 숨 들이켜고 싶다
어쩌면 포기하고 때때로 안주했던
그냥저냥
있는 대로 살자 생긴 대로 살자
타고난 팔자구나 묵묵했던 시간
이제는
눈물 같은 후회보다
죽지 않고 버티어서 이렇게 살았네요
한껏 자랑하며
다시 시작할 용기를 가진 사람들과
어깨 겯고 함박 웃으며
마침내 걸어갈
길을 바라며

되자

비 오는 날 국도변
물기 가득 머금은 풀잎처럼
누군가의
싱그러움이 되자

옛 골 울 할매
손맛 가득 담은 강된장마냥
누군가의
그리움이 되자

눈꺼풀 열고 닫는 봄날 오후
오시는 듯 스쳐간 낮꿈처럼
누군가의
달콤함이 되자

설령
아무것 되지 못할지라도
그저 한마디 웃음으로
나의 위로가 되자

살아야 한다

때론
그냥
살아야 한다
피로한 입술이 갈라져 피가 맺히고
그 맺힌 입술이 또 갈라 찢어져도
그냥
살아야 한다

때론
한 맺힌 굳은살을
썰어 내어도

때론
머리 터지는 아픔에
소주 한 잔 힘을 빌려
오늘 밤
어쩔 수 없는 꿈을 청하더라도
그냥
살아야 한다

때론

살아가는 게

우리 태어난 전부의 이유

그래서

마냥

살아야 한다

마라

이겨 내지 마라
가쁜 숨을 몰아쉬지 마라

이겨야 산다고
생각하지 마라
승리 못 하면 의미 없다고
생각하지 마라
정상에서만 빛난다고
생각하지 마라
다른 이보다 뛰어나야 한다고
생각하지 마라
밟아야 산다고
생각하지 마라

후회하지 마라
그냥
흘러라

왼쪽에 있다

기름이 떨어져 가는 차 안에서
주유소는 늘
중앙선 너머 왼쪽에 있다
간절히 바라지만
그만큼 가깝지만
유턴하기엔 너무 먼 길을 돌아야 한다
무넘히 가고 가다 보면
차는 멈추고
이젠
아무 곳도 갈 수 없는 나

언제나
내가 바라는 것은 왼쪽에
하지만
질주하는 오른쪽

언젠가 멈춤을 알면서도
애써 외면하는
오늘

동서남북

동쪽으로 서쪽으로
남쪽으로 북쪽으로
진정 사람만 있으면
어디라도 가겠네

누구는 돈 때문에 뜨고
누구는 정 때문에 뜨고
떠난 이는 많아도
오는 이는 드물고

글을 읽어도 밥을 먹어도
일을 하여도 술을 마셔도
진정 사람만 있으면
어디라도 가겠네

돈 많으면 돈값
돈 없으면 하소연값
잘나면 얼굴값
못나면 성질값

지치고 지치고 덧없고 덧없고

하루하루 하루살이
오늘도 안 쉽지만
진정 사람만 있으면
어디라도 가겠네
발톱이 부러져도
땅끝까지 가겠네

서러운 밤

다들 떠나가네
가슴이 뜨거웠던 약속은
재가 되어 훨훨
이젠 서로가 서로의 방관자가 되어
가끔 애써 안부를 묻네
잃은 것은 더운 가슴
남은 것은 따스한 기억
그래서 더욱 서러운 밤

삶의 어느 날
그저 더욱 무덤덤한 밤에도
가끔
꺼져 가는 화로를 안으며
함께할 그날을 기다리는
그래서
더욱
서러운 밤

너를 위해

이젠 먹어라
너를 위해
이젠 마셔라
너를 위해
이젠 뛰어라
너를 위해
이젠 생각해라
너를 위해
이젠 말해라
너를 위해

이젠 살아라
제발
너를 위해

있다

그 돌담벽에도
있다
그 슈퍼마켓 앞 보도블록에도
있다
그 전시실에도
있다
그 강 너머에도
있다
그 숲 사이에도
있다
그 먼지 가득한 국도변에도
있다
그 냉동삼겹 고깃집에도
있다
그 텅 빈 냉장고 안에도
있다
그 서랍 속에도
있다

어느 시간

어느 곳에도

있다

난 초원을 걸어

난 초원을 걸어

나른한 바람이 상쾌하고

푸르른 풀들이 언덕을 만들어

만나는 사람마다

넉넉한 인사

그리고 내 곁의 그대

생각한 만큼 행복하고

원하는 만큼 건강한 하루

난 초원을 걸어

걸으면 걸을수록

고마운 한숨

만나는 양 떼마다

넉넉한 웃음

난 초원을 걸어

오늘도 내일도 글피도

난

초원을 살아

길이라면

돌아 돌아가는 길이
멀어 먼 길이라도
그게 길이라면
서로의 야윈 어깨 토닥이며
함께 돌아가자

높은 산 아득하고 깊은 물 무서워도
한 사발밥이라도 감사히 나누며
서로가 서로의 숨이 되는
고마운 상상

우리 핏줄들이
참으로 살아갈 세상에

돌아 돌아가는 길이
멀어 먼 길이라도
그게
길이라면

난

난 누군가의 불한당

난 누군가의 기다림

난 누군가의 추억

난 누군가의 기억

난 누군가의 요리사

난 누군가의 주사위

난 누군가의 스쳐 지나감

난 누군가의 바람

난 누군가의 민폐

난 누군가의 고마움

난 누군가의 나무

난 누군가의 시냇물

난 누군가의 보고 싶은

난 누군가의 잊고 싶은

난 누군가의

행복한 나

夏冬, 봄이면

봄이면
누군들 용서하지 않으리
벚꽃 길가에서
축대 난간에 두 팔을 괴고
고즈넉 아래로 눈을 내리면
지나는 자전거 떼의 경쾌한 웃음소리
따스한 바람이 내 안으로 들어와
마음은 이미 벚색으로 물들어

봄이면
누군들 용서하지 않으리
봄꽃에 취하면
가슴에 품은 안 볼 인연도
까무룩 꽃잠에 깜빡 잊겠네

그대 빈 잔에

그대 빈 잔에 가득 술을 채워
이제 밤새워 이야기합시다
살아온 이야기
서러운 이야기
살아갈 이야기
묻어둔 이야기

할 말은 많고 많은데
밤은 더없이 짧고
준비한 양초도 짧아
이제 아침이면
돌아올 길 떠날 우릴 위해
서로가 서로의 눈을 붙여

동이 터 오면
그대 빈 잔에 가득 물을 채워
이제 떠날 채비합시다
못 다한 말은 애써 품고
다시 꼭 만날 그날에

그간 잘도 살았다고 웃어 넬

또한 이어질 여정을 위해

느리게 살 것을

시간이 이리 빨리
흘러갈 줄 알았다면

정말 느리게 살 것을
가끔 돌아보며 살 것을
애써 보듬고 살 것을
시간 내어 만나며 살 것을
조금씩 눈물 흘리며 살 것을
싫어도 들어주며 살 것을
언제나 바라보며 살 것을
알아도 기다리며 살 것을

앞으로도
그렇게 살지 못할 거면서

연이 닿은 곳

마음이 닿은 곳

연이 닿은 곳

아주 많이 아프던 숲길

많이도 그립던

그 어린 아스팔트 골목

그리운 녀석들

아주 허망하던

그 겨울

손잡고 앞뒤

걷던 터널

먼지가 자욱했던 그 햇살과 설렘

살아가면 일상

돌아보면 마음

연이 닿은 날에

떠난

떠난 친구는
떠나온 곳을 그리워하고
누군가 떠난 곳에 지금
살고 있는 사람은
떠난 곳을 떠나고 싶어 하고
떠난 마음을 다잡아
한 모금 물을 마시고
새벽 모니터에 얼굴을 비추어
오늘 하루를 생각하네

떠나간 것
돌아온 것

자찬

아침에 길을 떠나
종일 떠밀려 다니지만
해가 지고 나서도
잃지 않고 돌아오며

꼬이고 막힌 생각 속에
갈피를 못 찾아도
두드리고 물어물어
어찌어찌 풀어 간다

내일이고 모레도
오늘과 같겠지만
행복이 그것이라
되뇌면서 되뇌면서

물처럼

우린 생으로 살지 말고
물처럼 살자

삶의 허기에 지친 하루하루와
독기 어린 만남들

그래도 우리 누벼지고
삶의 덮개가 우려져

그렇게 이 하루도
우린 물처럼 살자

쓰는 나

쓰면서 치유하고
쓰면서 살아간다

억지로 부여받지 않은 이유처럼
그렇게 쓰고 또 쓰고

물 한 잔 마시고
저 거울 같은 청명의 날에
시원히 나는 철새 떼처럼

누구도 우러르지 않다만
거칠 것도 없다

七月

너만 생각하면 삼월부터 나는 설레어

문득 지나가는 시간에도

너를 떠올려

삼사월 떠들썩한 벚꽃도

나에겐 그저

널 만나기 위한 시간의 의례일 뿐

그리하여 마침내 너를 만나면

작열의 태양 아래 얼음물 같은 땀을 뿌리고

나는 천상의 시원함에 몸을 서리쳐

너와 만나는 하루하루의

기쁨과 쾌락이여

마침내 너와의 이별이 다가올 제

나는 순간의 아쉬움에 탄식도 잦아져

고분히 헤어지지 못하는 못난 자의 옹졸함이여

하지만 인고의 동토를 지나

다음 봄 하얀 꽃길 날릴 제

또한 두근두근 너를 기다릴

행복한 나를 떠올리며

보조개 없는 웃음으로

너와의 악수를

각오

당연한 걸 당연하게 생각하지 말자

지금 당연한 것들을 얻기 위해

큰 소리로 울었던 날들

뛰어서 시큰했던 무릎을 기억하자

불면의 새벽을 지나

무한의 창피함을 억누르고

내가 아닌 내가 되어 살아왔던 시간을 생각하자

지금 무사히 숨 쉬어 있음은

내간 선택했던 나날들이 옳았음을 증명하고

굳은 뒤꿈치는 게으르지 않았던 내 하루들의 증거이다

후회는 늘 필요하지만 다만 한 번으로 족하며

부끄러움은 단지 순간의 사치이다

지친 한 밤을 지나 두근대는 새벽을 거쳐

희미한 미소의 아침을 기다리자

나의 남은 날은 언제나

살아왔던 날보다 길고도 값질 것이며

늘상 오늘 봄나물 한 끼의 기쁨을 누릴 것이다

당연한 걸 당연하게 생각하지 말자

언제나 당연하게 머물지도 말자

당연히 나의 삶은

당연하게 멈추지 않을 것이기에

우린 그렇게

집으로 돌아오는 길
차에 두고 온 낡은 우산을
가지러 가듯이

작열하는 태양의 한낮
함께 마실 탄산수를 사러
동네 슈퍼마켓으로 넉넉히 걸어가듯이

같이 줄 서 기다리던 식당
마주보며 식사하다
우연한 전화 받으러
아주 잠시 자리를 피한 것처럼

우리
금방이라도 돌아와
아무 일 없는 사람처럼 환히 웃으며
늘상 함께할 사람들인 듯

우리

우린 그렇게 헤어져

동쪽 바다

그해
우린 밤기차를 타고 바다로 갔다
스물
가슴은 늘 설레고
매일매일이 재미로 가득한
그렇게 우린 어른의 입구를 서성였다

바다
둔덕을 넘어 처음으로 바라본
동쪽 바다는
나의 눈을 뚫고 영원의 가슴에 남았다
고조된 청춘들은
허름한 민박을 밤새 재우지 않았고
우린 비로소
공유의 추억을 가졌다
그날의 사진은
내 마음에도
자대 내무반 사진틀에도 걸리었다

살면서

파도가 필요한 날이면

난 홀로 그 바다로 향했다

내 친구들과 젊음을 추억하며

바다에

한 잔의 위로를 건네었다

이젠

내 스무 살도

내 친구들도

내 바다도

없다

많은 이들이 떠나고

많은 것들이 사라졌다

어떤 추억은 잊지 못할 추한 기억이 되었다

다시 파도가 필요한 날이다

다시 동쪽으로

다시 그리운 것들에

영원의 이별을 고하러

뜻이 있겠지

지금 이 꿈도 아침도
피로한 머리와 어깨도
뜻이 있겠지

억지스런 걸음걸이와
터걱터걱 걸리는 숨 막힘
오지 않은 것들에 대한 걱정과 한숨도
뜻이 있겠지

마음을 따라
작은길 따라
날 인도하는 푸른 맥문동 길 따라
이런 걸음걸음엔 그저
뜻이 있겠지

뜻 없는 뜻 속에
하루가 이고 지고
일 없는 일 속에
초승달 깊어만 가고

숨

한숨에 웃고
한숨에 울고
한숨에 하늘 보고
한숨에 바다 보고
세상에 오직 한숨
나를 살리는 한숨

서툰 하루

오지 않을 사람을 기다리고
소중한 사람을 홀대하며
되지 않을 허상을 쫓아
조심하지 않고 후회하며
행복할 때 행복을 바라고
사랑할 때 마음을 모르며
떠나야 할 때 주저앉아
보아야 할 때 딴 곳을 본다

낙엽이 가는 길을 바람이 도와주어

낙엽이 가는 길을 바람이 도와주어
이제야 낙엽은 자유를 찾겠네

찬란한 여름날 풍성했던 젊음은
이름 모를 나뭇가지에 묶인 채 떠나 버리고

이제 손을 대면 바스라질 계절에
차디찬 시멘트 바닥에 몸을 누이고
어느 새벽 딱딱할 빗자루에 쓸리어질 날

어느 하루도 친한 적 없이 그저 스쳐만 지나던 바람이
떨어지고 쓰러진 노구를 일으켜 세워
이제야 너의 곳으로 가라 하네

계절 따라 바람도 온몸이 얼어 버렸다마는
이 춥고 쓸쓸한 늙은 시간에
눈물 삼킬 온기를 내려 주어
차마 내가 이제야 살겠네

가는 곳 어디인지 쉬이

앞도 보이질 않아도

내가 이제야 가겠네

좋던 날

묶이어 그리던 그 골목

어딘가로

태양을 헐뜯는 거리에 서서

태양을 헐뜯는 거리에 서서
우리는 지난 어둠을 잊었나
그 두렵고 지독한 암흑은 까마득한 망각 속으로

더더욱 무서운 것은
사람들은
이제 이 따스함을 폭염이라 하네

태양을 헐뜯는 거리에 서서
셔츠는 젖고
목마른 자
쉬이 쉴 곳 찾을 수 없어도
난 다시 어둠 속으로 돌아갈 수 없네

거슬러 간다면
땅을 치며 목메어 그리울
이 한 줄 빛의 거리에 서서

회상 열둘

들리는

너의 웃음

재잘거림

그 어느 날 학사 주점의 담배 연기

생각이 없음에도

있는 척했던 허세

떠난 후에는 한 번도

돌아보지 않았던

날들

이제 남은 초라한 시간들에

차여

기웃거리는

그날

청춘의 곡조

그리곤 잔에 가득 부어

끝내 쏟아 버리는

너의 웃음

빗속의 작은 집

비가 오면 나는
빗속의 작은 집을 지어 머물러
터질 듯한 심장을 다독이네
굵은 빗발에 나는
내 작은 집을 나갈 순 없지만
마음은 벌써 저 공간을 거닐고
속박의 자유를 누리네
살다 보면 나는
그저 하루를 머물 뿐인데
근심은 왜 십 년을 넘는지
아직은 그래도 평평한 이마인데
마음 속 주름은 이미 백수를 넘겼네
비가 오면 그나마
없던 글도 써지고
오늘 밤은 한 잔 맑은 술과
빗속의 작은 내 집에서
조금은 깊은 잠을 청하네

각성

좌충우돌 삶에서 이제 벗어나고파

글을 적고

살아가는 데에는 많은 힘이 들지만

그건 천부의 행운일 것이다

아가들의 청명한 눈동자에

오늘 하루의 원천을 얻고

그대의 잔소리에 각성의 문을 연다

이제 바람은 많이 차지만

내 안의 속성은 더욱 따스한 불을 피우고

없던 두통에 생각은 쑤시지만

초점은 더욱 뚜렷해진다

거짓 행복은 멀리 보내자

어찌 일시의 안락으로

지난한 삶을 덧댈까

방법

정신없이 살자
정신없이 먹자
생각을 멈추는 방법을 찾아
영원의 운동장을 뛰어다니자

지독한 무력은 독
남은 것은 없어

머그잔 가득한 온기만이
허한 속을 달래 주고

놓아주자 그냥 놓아주자
놓아주어야 내가 산다

그리워질 때까지 기다리기

그저

그리워질 때까지

기다리기로 했다

식어 버린 마음을

억지로 달구어 내지 않기로 했다

그리움이 저절로 올 때까지

기다리기로 했다

기다리다 내가 혹여 사라지더라도

기다리고 기다리던

간절한 마음만은

남을 테니

이제나 저제나 안달하지 않고

그저 그리워질 때까지

기다리기로 했다

새벽 기차

저녁에서 새벽으로 가는 기차는

내 영혼을 깨워

난

혼곤한 실눈을 뜨고 문득 나를 생각하네

쉴 새 없이 뛰던 심장도 고요를 되찾고

다른 이야기에만 귀를 기울이던 머리도

거친 숨을 거둔 지금

몽롱한 눈으로 처음 나를 쳐다보네

지친 육신은 점점 볼품이 없어지고

가여운 영혼은 숫자만을 기억하네

마시는 것은 도로의 매연

내쉬는 것은 이 삶의 찌꺼기

문득 이러한 생각에 헛웃음 짓다가

또한 다른 추억에 생각에 마음이 아프다가

지나간 날들과 사라진 친구들과

그렇게 또 쓰리고

마음으로 울다가 지치다가

다시 기차를 깨워 기적을 울리네

다시 새벽에서 아침으로 떠나는 기차는

한 편의 좋은 꿈이라도 나에게 줄까 봐

군주에게

군주의 발끝에 입맞춤을

나의 식사는 당신의 배려

행동의 지침을 내려주시는 그대여

나는 꼬리를 흔들며 그대의 명을 기다립니다

밥을 주시는

우리 생명의 원천이여

나의 지난 공부는 모두 그대를 위한 것

배만 채워 주신다면

당신을 위하여 오늘 무엇인들 못 하리이까

부를 타고난 고귀한 피로

우리를 돌보아 주시는 그대에게 충성을

그리고 복종을

나의 군주 나의 신

이 공간 헐벗은 자들의 주인이여

군주의 발끝에 입맞춤을

나는 나를 버리고 그대의 명을 기다립니다

오월, 고양이

차가운 내 육신은
보도블록 위에서 더 식어 가
준비 없던 사람들을 놀라게 하네

무심한 작은 비명은
그들의 세상에서
처음으로 내게 준 관심

아무도 모르게 이 땅에 왔다만
뜨거운 숨이 멎어서야
내 삶을 세상에 알리네

잘 지내렴 내 친구들
잘 있거라 내 보금자리
비 맞아 서럽던 길 위의 양식들아

굶주림과 은신은 숙명이었다만
그래도 굵었던
내 자유에게 감사를

상실 1

놓고 돌아오는 길
잃어버린 길

차창에 비추인 못난 잔상을
머릿속 인화지에 담아
가슴속 한구석 넣어 둔다

어이가 없어 나오지 않는 눈물은
어느 날 어느 때에 쉼 없이 흐를 터
바닥없이 떠 있는 날
가까스로 붙잡아 검은 땅에 묶는다

이 순간은 노력하지 않아도
언제나 떠오르겠지
꿈인 듯 생시인 듯
몽롱한 발걸음 나를 이끌어

놓고 돌아오는 길
잃어버린 길

허나

참으로 놓으려면

또 얼마나 흘러야 하나

상실 2

나의 기다림은 당신의 유희
답이 없는 하루는 숨 쉬기 어렵고
그렇게 저물던 무위의 날들
세월은 이어지고 이어져
이제야 그 마음을 알겠습니다

그때는 갖지 못해 슬펐고
이제는 갈 수 없어 아픈
어찌할 바 없는 이 한밤에서야
그때 그 마음을 알겠습니다

백 번을 곱씹어 부질없는 공간에
목적지 없는 시간을 덧씌워
스스로를 죄는 어리석은 숨이여

나의 기다림은 당신의 유희
아픈 밤은
또 내일로 모레로 흘러
그렇게 마음 없이 쌓이는 하루

송곳

세상은 갈수록 촘촘해
내 송곳 하나 세울 자리 없고
굳건히 앉은 사람들 사이로
헛된 소주잔만 늘어가네

나도 한때는 꿈을 꾸었다만
발길질에 채여 아스라이 사라지고
이제는 옛날이야기만 하고 싶은
뒷방 사내로 늙어 가네

쌓이는 술병에 내 병도 깊어 가고
내뿜는 연기에 내 삶도 스러지고

그저 감사한 것은
눈 뜨면 변치 않은 천정의 문양
찔려서 아픈
아직은 만져지는 내 주머니 송곳

등대, 일기

내 고향은 멀고 먼 남쪽별이라
보이질 않아도
그 마음 그 자태는 내 안에 있네
풍파에 삭힌 내 육신도
이제는 무뎌져
사람들은 내게로 와 상처를 말하네
살려 한다고 살아간다고
내 할 수 있는 한 가지는
그저 듣는 것
사람들의 이야기는 켜켜이 쌓였다
흩어지고 모였다 무너진다
비틀거리는 사람들의
의자가 되어
어지러운 사람들의
등받이가 되어

답장

오랜 친구에게서 글이 왔다
잘 지내느냐고

난 답을 했다
그럭저럭 지내고 있다고

넌 어떻게 사느냐고
나도 질문을 했다

친구에게서 답문이 왔다
"늙고 있다"

한참을 들여다보다
끝내
답은 하지 못했다

좁은 길

이곳은 좁은 길
너에게로 가는 길
양 어깨가 절벽에 닿고
길은 길고도 멀어
무릎은 절고 발은 닳아

태양은 타올라
눈은 땅으로 그 속으로 더욱 더 침잠하고
먼지는 아주 천천히 피어올라
가쁜 숨 속에 찾아든다

멈출 수 없는 걸음은
조금 또 조금
한마디씩 너에게로 나를 이끌어

이곳은 좁은 길
너에게로 가는 길
슬픈 숙명은 내가 머금은 꿈
바람은

네가 있는 곳으로

낡은 깃발을 너울거린다

따순밥

식당 다니시던 울 엄마

이른 새벽 석유 곤로에

날마다 해 주시던 따순밥

그 따순밥 차질세라

스뎅 밥통에 고이 담아

단칸방 아랫목에

이불 덮어 놓아 두셨지

울 엄마 따순밥 덕분에

못난 아들

없어도 남부럽지 않게 컸네

이제는 칠순 넘어

절룩이는 무릎으로

아파트 청소 일 다니시는 울 엄마

마흔 넘은 못난 아들

또 따순밥 해 주시네

변한 거 없는 세상에

변치 않은 울 엄마 따순밥

따순밥 한 수저에 하늘 보고

따순밥 두 수저에 늙은 울 엄마 얼굴

따순밥 세 수저에 목이 메어

늙은 울 엄마 물 뜨러 가셨네

변한 거 없는 세상에

변치 않은 울 엄마 따순밥

이 거리를 걷는 그리움

눈을 감고 손을 뻗으면 닿을 듯

휘몰아치는 바람이 나에게 용기를 주는

동이 트는 시간에 문득 떠오르는 그대의 웃음과

망각과 후회로 덮기에는 너무나 아련하고 아쉬운 시공

속에서

너는 나에게 무슨 말을 갈구하고

나는 너에게 무슨 모진 말을 흘렸는지

돌아오지 못 할 것을 알지도 생각도 못한 채

시간은 망망의 대해를 건너

조각배는 아스라이 보이질 않고

막막한 가슴이 먹먹

발걸음은 의식 없이 오고 또 가고

이 이상의 육신은 내 몸이 아니라네

시간이 후회라면 삶이 통째로 무너지는

무엇을 찾아 기나긴 거리를 비틀거리며 질척거렸는지

그런 게 후회라면 후회라면 말이다

비가 온 다음 날이면 물이 넘쳐나던 마을의 우물처럼

무서운 유년의 기억 속에

잊히다가도 문득문득 떠오르는 형체는

끊은 담배 연기처럼 끈적끈적 뇌리에 달라붙어

영원히 떨어지지 않을 거라는

달갑지 않은 인사를 전하는데

너의 遊泳

지난밤 꿈속에서 보았던
너의 遊泳
가라앉을 듯 떠오르는 유년의 기억처럼
가벼이 떠다니는 너의 손짓
나도 따라 자유가 되어
낯선 절벽 아래도 더 이상
두려움이 아니라네

무색무취 아득한 이곳은 어디인지
너와 나만이 어류가 되어
물속에선 깊은 숨을 쉬고
가끔 짙은 태양빛이 그리워
하늘을 박차고 타오른다

반가운 듯 유연한 몸짓으로
태고의 숨처럼 맑은 물속으로
따라가다 멈추었다 바라보다 굽이치다
잡을 수 없는 꿈을 알면서도
영원은 아니라 부정하는

눈부신

너의 유영

별이 떠나며

내가 먼저 떠나왔다
잡은 이는 없었지만
잡고 있다는 느낌을 알았다
하지만 난 떠났다
나를 위해

오랜 시간이 흐른 후에야
별이 떠난다는 연락을 받았다
별은 그저 늘 거기 있는 줄로만 알았다
영원히 나만 그리워하며
그 땅에 그 자리에 서서

바보 같은 생각
별은 날 기다린 적이 없다
그저
난 떠났고
별은 거기 있었고
사연 없는 시간이 흘렀을 뿐

별이 떠난다기에 그제야 알았다

그래서 나도 마음 편히 살았다는 걸

그리고 만날 수 없는

영원의 이별은 비로소

이제 시작이란 걸

떠난다는 것은

그저 간단한 문제가 아니었다
떠난다는 것은
열다섯 해 동안 내 고물차를 손보아 준
그 낡은 카센터
못난이 두상 머리카락을 어울리게
잘라 주던 그 오랜 이발소
수시로 내 속을 달래 주던
후덕한 순대의 그 일품 국밥집
스물다섯 해 전 시장에서 전을 부쳐 파시던
친구의 부모님과
이제는 남이 주인이 되어 버린 그 자리
한때는 전부였으나 지금은 추억 속에서만
떠들고 웃고 있는 내 친구들
떠난다는 것은
그 모든 것과의 아주 오래될 이별이라

이 낡은 집에서
거리에서 그저 떠나고만 싶었는데
거리를 걷다가 떠오르고 아련한

나를 먹이고 살린 사람들

떠나면 쉬이 돌아오지 못할 것을 알아서

문득문득 시린 너와

오늘 밤 이 거리 그날의 가로등 밑

별에 너를 묻는다

어두운 발걸음이

젖은 풀숲을 헤치고

해는 이만 가려 하는데

양손 주머니에 묻고 굳은 입술로

멀리 보다가 또 보다가

문득 별에 너를 물어본다

답은 들었으나

진즉 들었으나

들은 답이 싫어 다시 묻다가

그리 울다가 허우적대다

젖은 풀숲을 헤치고

어두운 발걸음이 돌아간다

기약하며

내일 또 별에게

물어본다고

그리고 너를 이제

묻는다고

배신자의 방문

찬바람에 문이 덜컹거리고
크나 큰 눈발이 내리던 날
누군가 문을 두드립니다
배신자가 서 있습니다
무념이 되고자 하였으나
아직 더운 가슴은 분노의 불을 지피어내고

언젠가는 식겠지요
문은 조용히 다시 닫혔습니다
배신자도 가만히 돌아갑니다
중얼거립니다
어느 때까지는 우리였으나
언젠가는 무념이 되고
기어코 다 사라지리

너의 평원

너의 평원으로 말을 달려
너른 초원에서
말에 물을 먹인다
너는 이렇게도
너의 하늘을 가지고 있었구나
바람은 고소하고 물은 달아
그저 멍하니 눈길 가는 곳으로
그저 아무 다른 생각도 없이
나의 말도 이제
어서 가자는 투레질도 그쳤네
언젠가 말에 오름을 알면서도
눈을 감고
이곳이 내 것인 양
애쓰며 부정하는
떠나야 할
너의 평원

기다리다

기다리다 죽자 죽어서 살자
그렇게 기다릴 수 있는 아침으로 가자
돌아보지 말고 울지도 말고
아침에 눈을 떠 가슴 아리지 말고
바라지 말고
가지려 말고
지나는 기차처럼
그저 내 것이 아니라 여기며
기다리다 죽자
죽어서 살자

놓자 그렇게 놓자
애당초 처음부터 내 것이 아닌 것을
부여잡고 허당이네
부여잡고 눈물일세
기다리다 죽자
죽어서 살자

종장

십 년을 품고
거기에 십 년을 더해도
잊힐 리 없는 마음이 있습니다
뜨거운 커피가 식질 않아
기다림에 지칠 때 즈음
생각나는
그리움이 있습니다
어두운 산길에 호롱불 하나
들고 헤매어도
두려움 끝에 함께하는
마음이 있습니다
어떻게 잊나요
죽어야 그치지요

옷장

옷장을 정리하다 보면
옛 사진 속 그 옷이 잡힌다
사진 속 나는 여전히 젊어
반짝반짝 웃고만 있는데
지금 잡은 이 옷은
왜 이리 낡고 절어 있는지
세월 속에
나도 옷처럼 구겨지고 낡아져
그저 사진 속 나를
깊이 그리워하는가
젊음을 이탈한 육신은
멍하니 먼 노을만 바라보며
그저
아주 조금
늦은 오후에

인생 복기

젊은 시절
끊임없이
추억을 만들고
아무도 모르게
감추어 두었다가
시간이 흘러
허기진 날에
무심코 꺼내어
먹고산다

소원

어느 날 어느 때
낡은 헌책방
켜켜이 쌓인 책들 사이로
누군가
먼지 앉은 내 시집을 수고로이
꺼내어 준다면
이미 오래전
그의 하늘로 떠난
늙은 시인의 눈가에도
기쁨의 눈물방울이
그득하겠지요

지하, 鐵

우리는 서로를 모르고 알 필요도 없지만
이 거대한 집에서
하루의 시작을 함께한다
누구의 피로와, 누구의 설렘과
누구의 삶과, 누구의 사랑을
우리는 조금도 알지는 못하지만
이 넓고도 좁은 공간에서
오늘의 한숨을 함께한다
어쩌면 운이 좋은 저녁이면
아침의 동지들을 이곳에서 다시
마주칠지 모르지만
그래도 아무도 아는 체 없이
무언의 기억, 무언의 배웅

하루를 무사히 살아 낸 운 좋은 사람들은
저마다의 쓰린 속을 달래며
아무도 기대하지 않는
내일의 조우를
꿈꾸며 돌아선다

깡통

언젠가 철없던 날
길거리의 깡통을 데굴데굴 굴린 적이 있었다
내가 밟으면 찌그러지고
굴리면 굴리는 대로 굴러가는 깡통
수십 년쯤 살고 나니
문득
내가 깡통이 되어 있었다
얼마나 굴렀는가
온몸이 상처투성이
하지만 이제 나는
깡통이어도 좋다
오늘 아스팔트를 구르는
나의 소음도
굴러굴러 구르는 세상의
당당한 한 소절임을

한마디

너의 한마디
나의 시련을 견디게 한
너의 한마디
나의 끈기를 일깨워 살린
너의 한마디가
오늘도 나를 살게 한다

그 말은 비록 짧았으나
호흡은 길고
무심한 말이었으되 잔상이 남아
주저하는 나를 걸어가게 하는
막다른 길에서도 그 너머를 생각하네

너의 한마디
그 무심한 한마디가
나를 자부하게 만들어
넘고 넘는 고개 바위마다 결코
땅으로 주저앉지 않게 만드는
간절한

너의 한마디

웃고 있다

생각이 난다
그 모든 시간이
보고 싶은 분들이 생각이 난다
날 생각하고 계실 그분들이

어린 시절
조금 큰 시절
더 커 버린 시절도
생각이 난다
눈물도
기억이 난다

나는 그저 별것이 아니다
그분들의 젊은 시절
그뿐이다

보고 싶다
잊고 있던 시절이 시간이
이제야 조금 알겠다

나는 그저 무한의 시간에

잠시 머물러

바보같이

웃고 있다

계단에서

나이가 차면

많이도 곰삭아

세상이 조금은 쉬울 줄 알았다

남은 날은 짧고

하고픈 욕망은 뒤엉켜

한 발짝 나아가기도 어려운

생각의 바리케이드

마음에도 가지치기가 필요하다

고사목은 잘라내고

아주 조금은 나아가야 할

하루들

찬바람 이는 산동네 계단 중턱에 앉아

바라보는

불빛 같은 저 먼 곳

나는 아직

어른이 멀었구나

따순밥

ⓒ 최지훈, 2025

초판 1쇄 발행 2025년 1월 21일

지은이   최지훈
펴낸이   이기봉
편집   좋은땅 편집팀
펴낸곳   도서출판 좋은땅
주소   서울특별시 마포구 양화로12길 26 지월드빌딩 (서교동 395-7)
전화   02)374-8616~7
팩스   02)374-8614
이메일   gworldbook@naver.com
홈페이지   www.g-world.co.kr

ISBN   979-11-388-3920-4 (03810)